Julia
et les fouineurs
de jardin

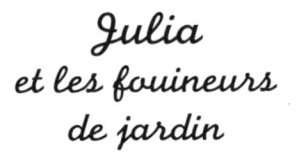

Les Éditions du Boréal remercient le Conseil des Arts du Canada ainsi que le ministère du Patrimoine canadien et la SODEC pour leur soutien financier.

Les Éditions du Boréal bénéficient également du Programme de crédit d'impôt pour l'édition de livres du gouvernement du Québec.

© Les Éditions du Boréal 2003
Dépôt légal : 4ᵉ trimestre 2003
Bibliothèque nationale du Québec

Diffusion au Canada : Dimedia
Distribution et diffusion en Europe : Les Éditions du Seuil

Données de catalogage avant publication (Canada)
Duchesne, Christiane, 1949-

    Julia et les fouineurs

    (Boréal Maboul)

    (Les Nuits et les Jours de Julia ; 7)

    Pour enfants de 6 à 8 ans.

    ISBN 2-7646-0263-4

    I. St-Aubin, Bruno. II. Titre. III. Collection. IV. Collection : Duchesne, Christiane, 1949-   . Nuits et les Jours de Julia ; 7.

PS8557.U265J852   2003   jC843'.54   C2003-941572-4
PS9557.U265J852   2003

Julia
et les fouineurs de jardin

texte de Christiane Duchesne
illustrations de Bruno St-Aubin

Boréal Maboul

Julia se retourne, sent sous sa joue le doux pelage de son chien Chien et se rendort. Pourtant, quelque chose a bougé dans son lit. Elle se retourne encore, ouvre un œil et le referme. Il fait toujours nuit noire.

— Dormons, dit-elle à son chien et à Sophie-Armande-Arthure.

Elle a beau respirer lentement, fermer les yeux très fort, Julia sent qu'elle passera un bon moment à tourner dans tous les sens, sans parvenir à se rendormir. Quelqu'un est-il passé la voir ? Brouquelin de Jaspe, ce bon

chef des Pois, ou encore monsieur Filke ?
« Mais non, se dit-elle, je ne dors pas, donc
ils ne sont pas là. »

Au bout de cinq minutes qui ont l'air
d'être une heure très longue, Julia s'assied
dans son lit.

— Sophie ? murmure-t-elle.

Julia remue les oreillers, soulève l'édredon, se penche pour regarder sous son lit : personne. Sophie-Armande-Arthure n'est pas là.

— Chien, aide-moi, il faut la retrouver !

Julia ne veut pas croire que Sophie-Armande-Arthure est partie !

— Sophie, réponds ! Où te caches-tu ?

Mais personne ne répond, ni le chien Chien, ni Sophie-Armande-Arthure. Julia sent son cœur se faire tout petit. Si elle avait écrasé sa si bonne amie dans son sommeil ? Tant de fois, elle lui a offert de lui prêter le lit de son singe jaune ! Jamais Sophie-Armande-Arthure n'a voulu accepter son offre. « J'ai dormi toute seule pendant cent vingt-deux ans, c'est tellement bon de sentir quelqu'un respirer tout près quand on dort… Plus tard, Julia, plus tard je dormirai dans le lit du singe jaune. En attendant, garde-moi avec toi. »

Julia comprenait bien. Elle aimait dormir dans le lit de sa grand-mère, dans le lit de ses parents lorsqu'elle était malade, et même parfois dans le lit de son frère, Momo.

Julia se lève, le cœur battant, effrayée à l'idée de trouver dans ses draps le corps

inanimé de Sophie-Armande-Arthure. Ses mains tremblent de peur, elle soulève le plus délicatement possible le gros édredon couvert de pois, les oreillers, le drap. Rien !

Julia n'ose jamais réveiller ses fantômes, mais, cette nuit, il y a urgence. Le pire pourrait être arrivé.

Elle s'approche doucement du plus grand des quatre-vingt-quatre fantômes, secoue légèrement son drap. Le fantôme ouvre aussitôt les yeux.

— Julia, je dors !

— Je sais bien, vous dormez tous. Et je dormais aussi. Mais il est arrivé quelque chose de catastrophique.

— Un tremblement de terre !

— Non ! Pire ! Sophie-Armande-Arthure n'est plus dans mon lit.

— Elle a enfin décidé de dormir dans le lit du singe jaune ?

Julia n'a pas pensé à vérifier…

Non, Sophie-Armande-Arthure n'est pas dans le lit du singe jaune. Sophie-Armande-Arthure a disparu. Julia se laisse tomber par terre à côté du fantôme éveillé et se met à pleurer de lourdes larmes, de tristes larmes.

— Ne pleure pas, Julia, surtout ne pleure pas. Ça me fera pleurer aussi, chuchote le fantôme.

Il essuie, du bord de son drap de fantôme, les larmes de Julia.

— S'il faut fouiller la chambre, nous nous y mettrons tous ! Quatre-vingt-quatre

fantômes, ce sera bien suffisant pour la retrouver. Je les réveille tout de suite ?

— À moins qu'elle soit retournée vivre dans sa caverne sous le jardin ? dit subitement Julia.

— Impossible, répond le fantôme. Elle l'a dit, et elle l'a redit : elle veut habiter ici avec nous, et plus jamais toute seule dans sa caverne sous le jardin.

— J'y vais quand même ! décide Julia. On ne sait jamais, elle peut avoir changé d'idée.

— On ne change pas d'idée comme ça, en pleine nuit ! fait remarquer le fantôme.

— Les fantômes, peut-être pas. Mais nous, les humains, oui. Les pensées de la nuit sont bien différentes des pensées du jour. Elle s'est peut-être ennuyée de chez elle, elle avait peut-être trop chaud. Peut-être qu'elle ne m'aime plus…

— Julia, ma chère Julia, souffle doucement le fantôme. Elle te l'a encore répété avant de s'endormir. Je vous ai bien entendues toutes les deux. Elle a dit : « Julia, je n'ai jamais été aussi heureuse qu'ici, dans ta maison à toi. » C'est clair, non ?

Tout à coup, Julia tend l'oreille.

— Écoute, dit-elle au fantôme.

Le petit fantôme tend l'oreille aussi, à sa manière. On entend, de loin, un rire en grelots, cristallin, joyeux, on dirait des bulles qui éclatent dans l'air de la fin de la nuit.

— C'est elle ! s'écrie Julia. On dirait que ça vient du jardin ! Reste ici, fantôme. Je reviens.

Julia dépose un petit baiser sur l'oreille de son chien Chien, enjambe le rebord de la fenêtre et saute dans le jardin.

Il fait encore bien noir, Julia n'y voit pas très clair. En fait, elle n'y voit rien du tout. Elle tend encore l'oreille mais, cette fois-ci, pas de rire, pas de grelots joyeux dans la nuit.

Julia tremble, la nuit est fraîche, elle aurait dû prendre son chandail bleu. Trop tard, elle préfère avoir froid plutôt que de perdre du temps.

« J'aurais dû emmener le chien. J'ai un peu peur, toute seule dans le jardin, la nuit », se dit-elle en frottant ses mains l'une contre l'autre pour les réchauffer.

C'est la fin de la nuit ; déjà le ciel est moins noir que noir. Vite, vite, que le soleil se montre, que les lueurs orangées de son lever apparaissent au-dessus des arbres au fond du jardin !

« Au fond du jardin, se dit encore Julia, vit la tribu des Fédéricus. Si j'allais chez eux ? Ils l'ont peut-être vue ? »

Ils sont bien gentils, maintenant, Fédéricus et ses amis si laids. Mais Julia n'a pas le courage d'aller les éveiller. Ils sont gentils, mais bien souvent bougons.

Soudain, le rire, encore, aussi vif, aussi clair… On dirait qu'il vient des rosiers.

Julia marche à pas de loup vers les grands rosiers qui grimpent sur le flanc de la maison. Elle n'ose pas courir, de peur de se prendre les pieds dans les fougères ou dans des branches qui auraient pu tomber durant la nuit.

Le rire se rapproche. En plus du rire, Julia peut entendre des voix animées, d'autres rires aussi. Le plus clair, c'est celui de Sophie-Armande-Arthure. Qu'est-ce qu'elle fait dans le jardin en pleine obscurité ? Elle aurait d'autres amis ? Elle aurait des amis secrets dont elle n'aurait jamais parlé ?

Julia sent une pointe de jalousie lui chatouiller le cœur. Est-ce que souvent, la nuit, Sophie-Armande-Arthure sort ainsi pour aller voir ses amis sans faire de peine à Julia ? « Elle aurait dû m'en parler, se dit Julia en avançant lentement dans le noir. Je veux bien qu'elle ait des amis. Pourquoi est-ce qu'elle ne m'a rien dit ? »

4

— C'est Julia !

Sophie-Armande-Arthure l'a vue, alors que Julia ne la voit pas encore.

— Vous allez voir comme elle est grande ! Moi aussi, avant, j'étais très grande, encore bien plus grande qu'elle ! Mais j'aime bien mieux être petite comme vous, comme les fantômes, comme la tribu des Fédéricus. Nous pouvons tous nous balader dans les poches de Julia, c'est très pratique ! Mais les Fédéricus, il faut les frotter au citron, ils sentent trop mauvais.

La voix de Sophie-Armande-Arthure n'a rien d'agressif. Au contraire, elle a l'air tout heureuse de parler de sa grande amie à d'autres, aussi petits qu'elle, d'après ce qu'elle a dit.

— Julia, par ici !

Julia voit s'allumer de minuscules points lumineux qui s'agitent et sautillent dans les branches des rosiers. Ce n'est pourtant pas l'heure des mouches à feu.

Elle s'approche et, tout à coup, peut enfin distinguer Sophie-Armande-Arthure, ainsi que cinq ou six petites personnes qui, toutes, portent une lampe au front.

— Sophie !

Julia voudrait la serrer contre elle. Sophie-Armande-Arthure ne remarque pas son inquiétude et la présente aux porteurs de lampes.

— Ma grande amie Julia, c'est elle. Julia, voici l'équipe des chasseurs de carottes…

— Des fouineurs de jardin, corrige un tout petit jeune homme à lunettes.

— … l'équipe des fouineurs de jardin, répète Sophie-Armande-Arthure.

— Bonjour, dit Julia, ou bonne nuit?

— Il fera jour dans deux heures, précise le jeune homme à lunettes. Je m'appelle Armide et je vous présente Martus, Blatton, Socrasse, Pam et Litofilla.

Julia éclate de rire.

— Nous avons les Fédéricus qui s'appellent tous Fédéricus, le premier, le second, le troisième, jusqu'au vingt-deuxième! Vous,

vous avez de très jolis noms, dit Julia. Et vous faites quoi ?

— C'est un secret, souffle Litofilla.

— Mais comme vous me l'avez confié, ce n'en est plus un, dit Sophie-Armande-Arthure.

5

— Si nous vous avons confié le secret, dit Martus, c'est parce que vous êtes toute petite comme nous.

— À Julia, vous pouvez tout dire, déclare Sophie-Armande-Arthure d'une voix ferme.

Armide, Martus, Blatton, Socrasse, Pam et Litofilla se regardent et, chacun son tour, hochent la tête en silence.

— Nous creusons les jardins. Cette nuit, nous avons entrepris de creuser le vôtre.

— Mais il y a bien assez de taupes pour le faire ! s'exclame Julia.

— Sauf que nous, dit Pam, nous creusons pour découvrir l'histoire des jardins.

— Quelle histoire ? Il y a des histoires cachées dans les jardins ? demande Julia en s'asseyant par terre à côté d'eux.

— Des histoires, oui, les histoires de ceux qui ont habité ici avant vous. Plutôt que de vous expliquer, le mieux serait de vous faire une démonstration.

Julia est de plus en plus curieuse. Sophie-Armande-Arthure vient s'asseoir sagement à côté d'elle.

— Tu vois, nous en étions là quand tu es arrivée, souffle-t-elle à l'oreille de Julia. Dis donc, tu n'as pas pris le chien Chien ?

— Non, il dort. Chut…

Socrasse brandit une sorte de vilebrequin,

fixé au bout d'une longue tige creuse qu'il plante dans le sol. Il tourne, tourne, tourne la manivelle de l'étrange outil. Dans la nuit qui plane encore sur le jardin, c'est le grand silence, l'immense silence de l'attente. Les fouineurs de jardin ne disent rien, Julia non plus, Sophie-Armande-Arthure encore bien moins.

Au bout d'un moment, Socrasse retire de l'intérieur de la tige creuse un long bouchon de terre. Il le dépose délicatement sur un carton.

— C'est là-dedans qu'il y a l'histoire ? demande tout bas Julia à Sophie-Armande-Arthure.

— Chut.

— Mesdemoiselles, regardez bien. J'ai creusé sous la terre. J'ai recueilli ceci, qu'on

appelle « carotte ». Moi, je les appelle des carottes historiques.

Julia ouvre de grands yeux sans rien comprendre à ce que raconte Socrasse.

— Dans cette longue carotte de terre, je découvre…

Les fouineurs de jardin se penchent sur la carotte.

— Je découvre… de la terre, de la terre, de la glaise, de la terre, de la pierre et… une perle qui me semble bien venir d'un collier.

— Et alors ? demande Julia.

— Et alors ! ! ! s'écrie Armide. Cela signifie que, il y a je ne sais combien d'années, quelqu'un a perdu une perle de son collier. Ou qu'un jour quelqu'un a caché son collier dans la terre. Ou bien…

— Peut-être allez-vous trouver les autres perles du collier ? demande Julia.

— Peut-être, dit Litofilla. Ce que nous aimons beaucoup, c'est de trouver, comme nous venons de le faire, le morceau d'une histoire.

— Mais de quelle histoire ? demande encore Julia.

— Celle que vous voulez, murmure Pam. Nous pouvons inventer l'histoire que vous voulez, ajoute-t-elle avec un curieux sourire.

6

C'est ainsi que, pendant de longues minutes, les fouineurs de jardin inventent pour
Julia et Sophie-Armande-Arthure l'histoire
de l'arrière-grand-mère de Julia qui, un soir
de tempête, avait perdu son collier. L'at-
tache s'était défaite, les perles étaient tombées dans la neige, le vent les avait poussées.
Puis la neige les avait fait s'enfoncer dans
la terre. Au printemps, on ne les avait pas
retrouvées.

Ils racontent ensuite l'histoire d'une autre
manière.

L'arrière-grand-mère de Julia était entrée un jour dans son jardin, un terrible voleur l'attendait, l'avait saisie par le cou et lui avait arraché son collier. Les perles étaient tombées dans la neige, le vent les avait poussées…

Ils racontent aussi l'histoire de l'arrière-grand-mère qui, un soir, avait mis le feu à sa cuisine en faisant sauter des pommes de terre. Elle avait ramassé ses biens les plus précieux, dont le collier de perles, et était sortie en courant dans le jardin. Elle avait trébuché sur la racine du grand pin, avait laissé tomber le collier, le fil s'était défait. Les perles étaient tombées dans la neige, le vent les avait poussées…

Ils racontent, ils racontent, une, deux,

trois, quatre, cinq histoires autour de la perle trouvée dans la carotte historique.

— Et ce n'est pas tout, s'écrie Pam, tout excitée. Nous avons trouvé aussi un morceau de tasse à thé, trois pièces d'or comme dans les trésors de pirates et des sous noirs bien ordinaires. Alors, on peut imaginer que votre arrière-grand-mère…

— Ou bien la mienne ? suggère Sophie-Armande-Arthure en bâillant.

Julia tourne vers elle de grands yeux étonnés.

— Ou bien la vôtre, enchaîne Pam. Et cette dame aurait pu prendre le thé avec un pirate de ses amis qui lui aurait donné…

Julia et Sophie-Armande-Arthure ont beau écouter de toutes leurs oreilles, elles

finissent par se laisser bercer par les mots et, malgré elles, s'endorment, couchées dans l'herbe toute trempée de rosée.

Les fouineurs de jardin reprennent sans bruit leur travail. Ils creusent jusqu'au lever du jour, enveloppent avec grand soin leurs carottes dans des morceaux de papier. Puis ils ramassent leurs instruments, éteignent leurs lampes frontales, rangent leurs outils dans les sacs de cuir qu'ils portent au dos. Doucement, sur la pointe des pieds, ils quittent le jardin de Julia, leurs sacs remplis d'histoires à inventer.

— Bonne récolte, dit Socrasse, c'est un bien bon jardin.

— Nous reviendrons, chuchote Armide. Elles aiment bien les histoires, ces deux charmantes petites. Je pense même que la plus grande les aime vraiment beaucoup.

— Nous avons de quoi en inventer longtemps, murmure Blatton. La perle, le tout petit morceau de porcelaine, le vieux clou forgé à la main… C'est un merveilleux jardin.

Sur la pointe de leurs petites bottes cloutées, les six fouineurs sortent du jardin sans faire le moindre bruit.

7

Julia ouvre un œil, le soleil n'est pas encore levé.

— Sophie ! Réveille-toi !

L'humidité de la nuit a déposé sur elles une pluie de rosée.

— Sophie, nous sommes toutes mouillées. Vite, à la maison ! J'ai froid, j'ai froid, je gèle.

Sophie-Armande-Arthure ouvre enfin les yeux.

— J'ai froid, j'ai froid, je gèle, répète-t-elle à Julia. Tu peux me mettre dans ta poche ?

— Ma chemise de nuit n'a pas de poche.

Julia prend Sophie-Armande-Arthure dans le creux de sa main et souffle doucement sur elle pour la réchauffer.

— Tu les avais déjà vus, les fouineurs de jardin ?

— Les qui ? demande Sophie-Armande-Arthure, en bâillant à se décrocher la mâchoire.

— Ceux qui nous ont raconté les histoires du jardin, les petits fouilleurs de jardin !

— Les quoi ? demande encore Sophie-Armande-Arthure.

— Ce n'est pas possible, tu as tout oublié ?

« Elle perd la mémoire, ou bien elle a trop

froid, ou bien elle a attrapé une vilaine maladie », s'inquiète Julia en galopant vers la maison.

Julia enjambe le rebord de la fenêtre et entre sans bruit dans sa chambre. Le plus grand des petits fantômes a fini par s'endormir à l'attendre aussi longtemps.

Julia déshabille Sophie-Armande-Arthure, s'empresse de la coucher dans son lit, juste à côté de son oreiller. Elle remonte tendrement l'édredon jusque sous le menton de la petite.

— Dors, Sophie, dors et réchauffe-toi !

Julia se penche ensuite vers le fantôme, le replace sur sa petite couverture bleue. Le fantôme ouvre un œil.

— Tu l'as retrouvée ?

— Ne t'en fais pas, elle était au jardin. Elle dort, bien au chaud.

— Dans le lit du singe jaune ? demande le fantôme.

— Pas cette nuit, ou ce matin… Demain, peut-être. Dors, le soleil se lève.

Julia n'arrive pas à s'endormir. S'il fallait

que Sophie-Armande-Arthure ait attrapé la grippe des jardins ? Elle est si petite, ce doit être terrible de tomber malade quand on mesure à peine quelques centimètres. Est-ce qu'il faudrait la faire grandir, lui demander de reprendre la taille qu'elle avait lorsqu'elle l'a vue pour la première fois, sa Sophie ?

Non, non, non, elle toucherait le plafond. Sophie-Armande-Arthure ne pourrait plus habiter, bien cachée, dans la chambre de Julia.

Julia se tourne dans son lit. Elle pose la joue sur le doux pelage du chien Chien qui n'a rien vu, rien entendu, et qui dort paisiblement.

Soudain, Sophie-Armande-Arthure ouvre les yeux.

— Tu ne dors pas, Julia ?

— Et toi, tu n'es pas malade ? demande Julia, toujours inquiète.

— Pas malade du tout. Je n'ai jamais été malade, je ne sais même pas ce que c'est.

— Tu les connaissais déjà, les fouilleurs de jardin ?

— Les quoi ?

— Oh, Sophie ! Rappelle-toi ! Les fouineurs de jardin, leurs petites lampes au front, les carottes historiques, les histoires de la perle ! Ils en ont peut-être raconté cent ou deux cents, des histoires…

— Moi, j'ai pensé que j'avais rêvé. Tu crois qu'ils reviendront demain ?

Julia aimerait bien les voir revenir, mais elle préférerait qu'ils entrent doucement par

la fenêtre de sa chambre, comme l'avaient fait un jour ses petits fantômes, et qu'ils viennent leur raconter des histoires ici, bien au chaud.

— Julia, dit Sophie-Armande-Arthure, nous irons les attendre demain ? Je voudrais tant les revoir, les fouineurs de jardin.

— Moi aussi, lui confie Julia.

— Dors, Julia, dit Sophie-Armande-Arthure.

— Dors, Sophie.

Sophie s'endort, Julia aussi et, au-dessus d'elles, dans les lumières dorées qui entrent doucement par la fenêtre, flottent leurs rêves entrelacés.

Les Éditions du Boréal
4447, rue Saint-Denis
Montréal (Québec) H2J 2L2
www.editionsboreal.qc.ca

MISE EN PAGES ET TYPOGRAPHIE :
LES ÉDITIONS DU BORÉAL

CE DEUXIÈME TIRAGE A ÉTÉ ACHEVÉ D'IMPRIMER EN JUIN 2006
SUR LES PRESSES DE L'IMPRIMERIE GAUVIN
À GATINEAU (QUÉBEC).